영아♡
꽃놀이 가자

이 도서의 국립중앙도서관 출판예정도서목록(CIP)은 서지정보유통지원시스템 홈페이지(http://seoji.nl.go.kr)와 국가자료종합목록 구축시스템(http://kolis-net.nl.go.kr)에서 이용하실 수 있습니다.
(CIP제어번호 : 2020033274)

이상희 첫 번째 시집

영아 꽃놀이 가자

인쇄 | 2020년 8월 20일
발행 | 2020년 8월 25일

글쓴이 | 이상희
펴낸이 | 장호병
펴낸곳 | 북랜드
　　　　06252 서울 강남구 강남대로 320, 황화빌딩 1108호
　　　　대표전화 (02)732-4574, (053)252-9114
　　　　팩시밀리 (02)734-4574, (053)252-9334
　　　　등록일 | 1999년 11월 11일
　　　　등록번호 | 제13-615호
　　　　홈페이지 | www.bookland.co.kr
　　　　이-메일 | bookland@hanmeil.net

책임편집 | 김인옥
교　　　열 | 배성숙 전은경

ISBN 978-89-7787-946-1 03810
ISBN 978-89-7787-947-8 05810 (E-book)

값 12,000원

영아♡
꽃놀이 가자

이상희 첫 번째 시집

북랜드

80이 돼도 엄마가 그립다 하더니 엄마에 대한 그리움은
나이를 먹지 않네요.
갱년기라고 놀리는 남편한테 눈을 흘기지만
그리움이 더 깊어지는 걸 보니 아무래도 갱년기가
한 술 더 보태나 봅니다.

얼마 전엔 거울을 보다가 화들짝 놀랐습니다.
엄마를 닮은 구석이 하나도 없다고 생각했는데
눈가를 휘돌아 축 처진 양 볼을 타고 엄마 모습이 가득해서요.
어찌나 반갑던지 이젠 가끔 민낯으로 거울 앞에
앉아 있곤 한답니다.

엄마는 흥이 없는 줄 알았습니다.
그런데 쉰이 넘은 어느 날
이미자 씨의 '동백 아가씨'를 가르쳐 달라고 하시더군요.

그제야 알았습니다.
엄마는 흥을 즐기고 싶은 '남진희'라는
한 사람이었다는 것을요.
홀어머니 시집살이에 흥을 억눌러야 했지만
남편이 우선이고 자식 일이 먼저라
당신이 하고 싶은 건 늘 뒷전으로 밀어놨지만
엄마는 아내요 엄마이기 이전에 부모님의 사랑받는
딸이었고 꿈 많던 소녀였다는 걸
저는 엄마가 되고서야 알았습니다.

엄마를 생각하면 미안한 것만 가슴 가득 차오릅니다.
엄마가 푸념을 쏟아내면 '엄마는 왜 그러냐'며 매번
걱정되는 마음을 앙칼지게 숨겼고
내 손으로 따뜻한 밥상 한 번 제대로 차려드리지 못했거든요.
그래서 미안합니다.

영아
꽃놀이 가자

예쁘게 입혀서 꽃놀이 한 번 보내드리지 못한 것이 미안하고
기약 없는 다음으로 미루며 용돈 한 번 드리지 못한 것이 미안하고
사랑한다는 말을 한 번도 한 적이 없어 한없이 미안합니다.
아이들한테 가장 흔하게 쏟아낸 말이 '사랑한다'였는데
엄마한테 가장 인색하게 굴었던 말이 '사랑한다'였어요.
세상 누구보다 사랑했는데
왜 그렇게 인색하게 굴었는지 모르겠습니다.

그래서일까요.
엄마가 그리울 때면 글로나마 사랑한다고 속삭입니다.
이미 늦은 줄 알면서도 저세상 어디쯤에서
제 애절한 사모곡을 들으실까 하여
하염없이 사랑한다고 고백을 합니다.

엄마처럼 살지 않겠다고 다짐을 했는데
오늘도 엄마의 삶을 흉내 내며 자분자분 걸어가네요.
아이들이 주는 행복은 제 꿈보다 훨씬 크기에
꿈을 접고 산 세월을 후회할 짬도 없이 걸어갑니다.
노을빛이 유난히 고와 흥얼흥얼 '동백 아가씨'를 부르며
서쪽 하늘을 바라보니 거기 내일이 있네요.

2020년 8월에

| 이 | 상 | 회 |

차례

• 작가의 말

1

어머니

2

아버지

3

아들에게

허홍구/김재용/서덕순/한 현/최인혜/정상덕

이만교/박준열/박수열/박정열

1

어
머
니

들꽃

신작로 질경이처럼 살아온 어머니
꽃씨에 숨은 꽃잎처럼
어머니라는 이름 석 자
쌈짓돈처럼 움켜쥐고 있던 어머니

제비꽃 봄을 여는 아침
떠날 채비를 하며 남긴 어머니 말씀
너를 위해 살아라

절레절레 고개를 휘저어도
시나브로 당신을 닮아가는 삶
그렇게 잊고 있던 너를 위해 살아라

어느 날 문득
텅 빈 소파에 눌러붙은 외로움이
드라마에 울고 웃으며
거실 한쪽 귀퉁이 시들어가는 화분마냥
축 늘어져 굼실거리는 시곗바늘 사이로

14

비집고 들어온 너를 위해 살아라

엄마라는 텃밭 가장자리에
여뀌 쇠별꽃 벗 삼아
들꽃처럼 키워가는 어릴 적 꿈
나를 위해 사는 삶

이름을 불러 내게로 온 들꽃처럼
척박한 일상에 뿌려져 꿈으로 여문
어머니의 마지막 사랑
너를 위해 살아라

엄마, 꽃놀이 가자

엄마 꽃놀이 가자
붉게 피어오른 영혼 사르락 사르락
꽃그늘에서 그네 뛰는 동백나무를 휘돌아
자목련 춤을 추는 뜨락으로
제비꽃 가로수길 건너 꽃놀이 가자

찬밥에 물 말아 허기진 배 채우고
돌아서면 웃자라는 잡초 걷어내느라
동구 밖 꽃놀이 늘 남의 일이던 엄마
벚꽃이 산을 에워쌌네
하루 왼 종일 꽃비가 내리네
그리움 짙어 한낮의 햇살 즈려밟고
엄마한테 가는 길

엄마 꽃놀이 가자
족두리 쓴 수선화처럼
하늘하늘 곱게 차려입고
딸기 참외
도시락 싸서 꽃놀이 가자

까막눈 우리 엄마

정 들인 편지 한 장 건넨 적 없어도
자취방 문 앞에 두고 간 미숫가루 봉지 안에는
당신 사랑 구구절절 넘치게 담겨 있었지요

꾹꾹 눌러 가계부 한 줄 써 본 적 없어도
주춧돌 하나 밥그릇 하나에 남긴 셈은
보릿고개 넘어가는 디딤돌이었습니다

70여 생, 책 한 권 본 적 없지만
삶의 행간에 채워놓은 지혜는
팔 남매 이정표에 길라잡이가 되어
오늘도 헤매지 말라 손을 잡아줍니다

어머니 뜨락에

꽃이라 하면
호미에 걸려 넘어지지 않게
들풀 하나
허투루 대하지 않으시던 어머니

장미는 장미라서 좋고
할미꽃은 할미꽃이라서 좋다시던
내 어머니

함박산 어머니 뜨락에
작약 한 그루 심어드렸습니다
애달파 놓지 못한
무거운 시름 다 거두시고
꽃처럼 해사하게 웃으시라고
붉은 작약 한 그루 심었습니다

꽃다발을 드리면
잘려나간 줄기를 먼저 어루만지며

안타까워하시던 어머니

뜨락에 핀 국화를 한 아름 퍼서
동생 무덤 앞에 심으시며
그리움을 빗물처럼 쏟아내던
내 어머니

어머니를 위해 꽃을 심었습니다
꽃잎으로 그리움을 퍼 허전한 마음 메우시라고
아끼시던 작약 한 그루 심어드렸습니다

마지막 선물

가난한 호주머니 털어 봉지 채운 풋딸기

해사한 모습으로 반기시던 울 어머니

저승길 떠나실 적 향기 담아 가셨네

보름달

담장 위 박꽃에 내려앉은 보름달
백일홍 흐드러진 담장을 휘돌아
오동나무 가지 위에 등불을 켠다

누구를 기다리나
문 앞을 서성이는 그림자 하나
가마솥의 송편은 켜켜이 그리움을 쪄내고
서둘러 짜 온 참기름은 보따리마다 가득한데
제집으로 들지 못한 누렁이는 꾸벅꾸벅
대문 앞을 지키다가
그림자 발소리에 화들짝 놀라 꼬리를 흔든다

보름달은 하릴없이 창문만 기웃거리다
그림자를 안고 토닥토닥
빠끔히 대문을 열어놓고 발길 돌리시는 어머니

어머니, 오늘도 당신이 그립습니다

어머니 기척에 화들짝 놀라 눈을 떴더니
아침노을 베갯잇에 젖어드네요

옥색 치마저고리 곱게 차려입고
생전 모습 그대로 오셔서
어찌나 반갑던지요

닿을 듯하여 손 뻗으니
풀잎에 앉았다 스러지는 아침이슬처럼
미소 지으며 떠나가신 어머니

눈을 감으면 다시 오실까 하여
동강 난 꿈길로 달려갔더니
이미 흩어진 흔적 언저리에 고요함만 가득합니다

언제쯤
당신을 떠나보낼 수 있을까요

오늘도

그리워서

헤집어놓은 추억에 눈물이 어립니다

어버이날에

담백하던 나물에 설탕이 자꾸 들어갈 때
어머니의 이별준비는 시작됐습니다
미움을 털어내고 원망을 내려놓으며
미안함만 챙기던 어머니
자는 듯 가고 싶다 입버릇처럼 되뇌시더니
거짓말처럼 아침밥 드시고 떠나셨네요
그 어느 때보다 평온한 모습에
그제야 자식은 죄인인 줄 알았습니다
어버이날
카네이션 꽃다발보다
아무 날
꽃 한 송이 뜨락에 심어주는 걸 더 좋아하셨던 어머니
소박한 그 바람조차 인색하게 굴었던 못난 자식은
부모가 되고서야 당신 마음을 꺼내
저린 가슴을 쓸어내립니다
올해도 어김없이 어버이날은 다가왔는데
잡을 수 없는 당신의 야윈 손이 그리움을 더하네요
어머니

부를 때마다 눈물을 밟고 오시는 어머니
세상 누구보다 따스했던 당신의 품을
사랑합니다
세상 누구보다 아름다웠던 당신의 삶을
사랑합니다

장마

하지가 지나면
우리 엄마 삭신을 훑으며
잊지 않고 찾아옵니다
바람을 몰고 어지럽게 찾아옵니다

하늘이 꾸물거리면
애호박 한 개 따 가지고 들어와
하지 감자 몇 알 꺼내
수제비를 뜨던 엄마
남은 호박 책책책 부추 풋고추 쫑쫑쫑
부침개 한 접시 밥상 위에 오르면
아버지 입안에 군침 먼저 돌지요

후두둑 후두둑
창문을 두드리는 부산한 빗줄기
딱 따그르 딱 따그르
마음을 두드리는 부산한 젓가락질

막걸리 한 잔에 기분 좋아진 아버지
흥얼흥얼 두런두런
가슴에 묻어 둔 이야기
장마처럼 쏟아냅니다
꾹꾹 눌러놨던 사랑
가뭄 끝 장마처럼 왈칵 쏟아냅니다

하늘에 창을 내어

빗물로 씻어낸 말간 하늘
영혼이 머무르는 그곳에
더욱 빛나는 별 하나
어머니

동쪽 하늘에 창을 내어
빠끔히 열고 내다보면
별꽃 한 아름 안고
햇살처럼 웃고 계신
어머니

은하수 강가에 마주 앉아
두런두런
하루를 비워냅니다

시나브로
창가에 젖어 드는 아침노을
남몰래 돌돌 말아 쥐고 있으면

28

노 저어 떠나시며 하시는 말씀
사랑한다, 내 딸♥

봉숭아 꽃물처럼 가슴을 물들입니다

김을 매러 나갑니다

엄마
당신을 닮은 능소화가
볼품없던 담장을 화사하게 품었습니다
고개를 떨구고 걷던 사람들
바닥에 나뒹굴던 시선이 담장을 타고 올라가
미소를 한아름씩 퍼가네요

이제 장마철이에요
엊그제 내린 비로
땅콩이랑 잡초가 무성하게 뒤엉켰어요
장마가 훑고 지나가면 감당하기 버거울 것 같아
호미를 들고 나섰습니다
보일락 말락 땅콩꽃이 앙증맞네요

옷이야 젖든지 말든지
흙이야 튀든지 말든지
잡초를 뽑아낼 때마다
드러나는 속살에 안기는 바람이

시원한 바람이 좋아서 한 점 수건에 콕 찍어
송글송글 맺힌 땀을 닦아냅니다

엄마
저녁노을 등에 지고 밭으로 가시던 엄마
말끔한 콩밭에 앉아
호미질 멈추지 않으시던 엄마
그땐 몰랐습니다
엄마가 뽑아낸 것이
자식이 심어놓은 잡초였다는 것을
쇠비름보다 질긴 가슴속 잡초였다는 것을

정신없이 풀을 뽑았더니
말끔해진 땅콩밭에 바람이 입니다
시원한 바람결에 꽃들이 흥에 겨워 살랑거려요
이제 호미를 거둬 집으로 가야겠어요
애들이 기다리거든요

까치소리에 눈 뜬 아침

깟깟깟 깟깟깟깟
까치소리가 아침을 깨운다
반가운 손님이 오시려나
반가운 소식이 오려나

까치소리 왁자지껄 감나무를 흔들면
어머니는
챙겨놨던 사시랭이 간장계장 헐어
밥상 위에 사붓이 올려놓고
뜨끈한 가마솥에 밥을 지으셨다

객지에서 굶지는 않을까
혹여 올지도 모를 자식 생각에
어머니의 아침은 분주해졌다

깟깟깟 깟깟깟깟
창문을 쪼아대는 까치소리에
설레어 눈 뜬 아침

어머니한테 물려받은
익숙한 기다림으로
하루를 시작한다

객지에 나간 아이들에게
까톡까톡
실없이 안부를 전하며 아침을 연다

　*사시랭이 : 어린 꽃게를 이르는 서산 사투리

고향

한 해
또 한 해가
간다

연어가 거센 물결을 거슬러 오르듯
여우가 마지막 숨을 토해내며 그리워하듯
고향은
진한 그리움으로
흐르는 시간의 물꼬를 막는다

어머니 치마폭에 싸여 놀던 낡은 마루
친구들과 구슬치기하던 앞마당
들꽃으로 화관 만들어 쓰던 뒷동산
아낙들 빨래하던 우물가

낡은 사진첩에 끼워진 추억들이
옛 모습 희미한 고향 집 감나무에
빈 둥지처럼 걸려 있다

사진으로 남아 있는 어머니
당신이 헤쳐나간 가시덤불은 길이 되고
당신의 기도는 북극성이 되어
밤길 헤매는 내게 두려워 말라 다독인다
늘 네 곁에 있을 거라 다독거린다

엄마 사진

울고 싶은 마음 툭 건드릴까 봐
차마 마주 보지 못했던 엄마

엄마가 나를 보고 웃는다
당당하게 허세를 부릴 줄 몰라
혼낼 때조차 풀이 죽어 있던 엄마
사랑이 커질수록 미안함만 커져
고개를 숙이던 엄마가
오늘은 환하게 웃고 있다

엄마는
자투리 시간조차 최선을 다해 살았다
부모라서
능력 밖의 능력을 그러모아
군불을 지피고 가마솥을 채웠다

결코 쉽지 않은 일이었음을
엄마 떠나신 자리를 보고야 알았다

해진 속옷과 낡은 외출복 몇 벌
그리고
저승 갈 때 입으려고 곱게 싸놓은 수의 한 벌

금세 찾아온 그리움이 가슴 저리게 통곡하고
익숙하지 않은 이별에
몸뚱이는 맥을 놓고 속절없이 허둥대던 날
오랜만에 새 옷 입혀 작별 인사하던 그 날
수선화는 철없이 화사했었다

엄마라는 멍에를 지고 홀로 걸었을 그 길
엄마이기에 참아내야 했던 눈물로 젖어버린 삶
그 외로움을
그 고단함을 내색조차 하지 않고 화사하게 웃고 있는 우리 엄마

한 번만 안아볼 수 있다면
얼마나 좋을까
한겨울 허허벌판에 내동댕이쳐진 마음을

담요를 두르듯 따뜻하게 감싸줄 텐데

딱 한 번만 볼 수 있다면
얼마나 좋을까
따뜻한 밥상 차려
엄마가 좋아하던 갈치살 두툼하게 발라
뜨신 밥 위에 얹어드릴 텐데

전염된 사랑에 몸살을 앓는다고 푸념을 늘어놓다가
하염없이 온기 없는 얼굴을 쓰다듬는다
자꾸 웃기만 하는 엄마 때문에 나도 웃는다
울지 말고 웃어야 철이 드는 거라고
다독이며 웃는 엄마 때문에
눈물로 범벅이 된 엄마 얼굴 쓰다듬으며
나도 따라 웃는다

배웅

돌아간다기에
여행을 마치고
잠시 머물던 곳 떠난다기에
아쉬운 맘 꾹꾹 눌러 배웅을 합니다

이승과 저승의 거리가
가늠조차 되지 않아
보내는 마음이 서럽습니다

이별은 만남 속에 있다지만
삼베 자락 부여잡는 이 마음
어찌 그리 뿌리치고 가시는지
적선 한 푼 아량 없는 운명은
참으로 매정하네요

다시는 부를 수 없고
다시는 만질 수 없어
그리움은 더 아파지겠지요

기억 속 조각으로 남은 추억은
종종
슬픔을 보탤 겁니다

그렇더라도
더는 울지 않겠어요

언젠가는 다시 만날 텐데
여행 가방을 풀며
주절주절 늘어놓을 얘깃거리에
눈물만 가득 채워갈 수는 없잖아요

잘 지내다 왔노라고
자랑할 거리 잔뜩 채워서
선물처럼 가져가야 하잖아요

함께였던 내내
사랑했다고

당신 덕분에 행복했다고
눈물 말고 미소 한 아름 챙겨 드립니다
먼 길 적적할 때 쓰시라고
두둑하게 챙겨 배웅을 합니다

성묘

추석을 갈무리하고 늦은 성묘를 갑니다
거추장스럽던 이 길이
할 수 있으면 반으로 접고 싶던 이 길이
돌고 돌아도 짧기만 합니다

솔잎 향 가득한 산길
호젓한 길을 천천히 걸어갑니다
발끝에 차이는 솔방울이 엄마의 장난 같아요
돌멩이 곁에 널브러져 있는 들풀조차
아는 체를 하고 싶어집니다
조그맣던 나무가 훌쩍 자라 솔잎에 햇살을 꿰어
헉헉대는 걸음에 우산이 돼주네요

사박사박 흙길 밟는 소리가
엄마한테 다가갈수록 부산해집니다
엄마의 발길을 쫓으며
예까지 걸어와 보니
이제야 보이는 엄마의 마음

외롭고 허전한 마음을 채워드리지 못해
미안함 가득 술잔을 채웁니다

이제 평화를 얻으셨을까요
팔 남매 걱정에 꿈결 쉼터조차
걱정으로 채웠을 어머니
어머니의 고단함을 대신 풀어놓으며
봉분을 등받이 삼아 한참을 앉아 있습니다

휴가 보내주세요

저승엔 휴가도 없나 봐
20년이 훌쩍 넘었는데도 휴가 한 번 안 오시네

오늘 같은 날엔
금방이라도 함박눈이 펑펑 나릴 것 같은
오늘 같은 날엔
염라대왕께 사정을 해봐야겠어
엄마한테 하루만 휴가를 달라고

엄마가 휴가를 받았다 기별이 오면
시장에 가서 잘 익은 딸기랑 곶감을 사다 놓고
백화점에 가서 가볍고 예쁜 꽃무늬 외투를 고를 거야

엄마가 대문에 들어서면
엄마를 꼬옥 끌어안고 놔주지 말아야지
한참을 그렇게 안고 있다가
우리 집 여기저기 구경시켜 드릴 거야
처음 온 딸네 집이 낯설어 어색하려나

엄마가 휴가를 나오면
하루를 백날처럼 쪼개서 소풍을 갈 거야
맛있는 한정식집으로 모시고 가서
남들 누리는 것만큼 누리며 식사를 하고
예쁜 찻집에 앉아 펑펑 내리는 눈을 바라보며
추억을 길어다 갈증 난 그리움을 풀어낼 거야
투정 부릴 시간이 어디 있겠어
마주 보며 웃기도 부족할 텐데

계획을 다 짜놓고 한참을 기다리는데
엄마한테서는 아직 기별이 없네
염라대왕은 야속도 하시지
그냥 하루만 보내주시면 좋을 텐데
그 작은 소원 하나 안 들어주시네

다북쑥 깊은 골

죽음의 강이 끊어놓은 인연
추억으로 옭아매어
발길 잡아끄는 어머니

다북쑥 깊은 골에
지친 몸 누이시고
못다 이룬 어미 사랑
근심으로 바라보며
오늘도
주춤거리는 발끝 비질해 주시는
어머니

어머니의 사랑은
죽어서도 지지 않는
동백꽃이어라

긴 겨울밤

엄마 생각 마중물 되어
함박눈처럼 쏟아지는 그리움

한 줌 기력 간신히 그러모아
만삭의 배
쓸어 주시던 엄마

눈 감으면 그 손길 영혼을 쓰다듬어
흩어진 잠 총총히 품에 듭니다

칼국수 한 그릇

하늘이 잔뜩 구겨져 있습니다
울음을 터트린 아이를 감싸듯
바람이 할퀴고 간 세상을
밤새 내린 눈이 품어 안고 있네요

오늘 같은 날엔
어머니가 끓여주신 칼국수가 제격인데

야무진 손끝으로
반죽을 종잇장처럼 밀어
돌돌 말아 자로 잰 듯 썰면
해감한 바지락 끓는 가마솥에
춤을 추듯 떨어지던 국수 가락

어린 마음에 그것이 참 고왔습니다

아삭한 봄동 겉절이 금세 무쳐
칼국수 한 그릇 상에 올리면

후루룩 후루룩
나무 한 짐 부엌에 부린 아버지
시원한 칼국수 한 그릇으로
꽁꽁 언 속을 달래셨지요

오늘같이 추운 날이면
어머니의 따뜻한 칼국수 한 그릇이 그립습니다

낮잠

엄마가 주무신다
이랑에 묻힌 백발을 쓸어 올리며
설움 한 방울 눈가에 흥건히 풀어 놓고
꿈길을 헤매고 있다
출출한 어린 딸은
엄마 겨드랑이에 기대어 살그머니 얼굴을 묻고
시큼 짭짤한 살 냄새
달착지근한 낮잠에 배가 부르다

때 절은 저고리 속 널브러진 젖가슴은
방바닥에 기대어 어린 딸을 품고
봉숭아 꽃잎 흩날리며
토닥토닥 토닥토닥
고단한 하루 내려놓으라고
사근사근 속삭이는 엄마

엄마는 주무시고
어린 딸은 추억을 만든다

효도

갈수록 아이처럼 칭얼거리는 우리 부모

따뜻한 말 한마디 가슴을 데우고

말없이 잡아드린 손 그리움을 삭이네

약손

엄마 손은 약손
상희 배는 똥배

배를 움켜쥐고 뒤척이다 보면
끌어안아 팔베개하고
배를 쓸어주시던 엄마

사랑이 고프면 실없이 더 아픈 배를
알고도 모르는 척
바특한 시간 베어내 무릎에 누여
배를 쓸어주셨습니다

문 닫는 날이 잦은
작은 약방 한 개가 전부던 산골에서
엄마 손은 약손이었습니다

엄마 손은 약손
상희 배는 똥배

그리움이 깊어

어느 때보다 긴 밤

엄마의 손길인 양 이불을 끌어당깁니다

이 밤이 가고 나면 아침이 오겠지요

늘 그랬던 것처럼 말입니다

어미의 사랑

뻘밭에 우렁이
진흙을 덮어쓰고
희망으로 용틀임하며
하나, 둘
새끼를 내어놓습니다

한 점 한 점
제 살을 떼어
어린 자식을 키우는 어미

내 어머니가 그러했듯
주고 또 줘도 부족한 어미의 사랑

가없는 사랑으로
홀로 서는 자식 바라보며
마지막 한 점
아쉬움 없이 떼어놓고
빈껍데기 어미

물살에 둥둥 떠내려갑니다

가네
가네
시집가네
우리 엄마
꽃가마 타고
시집을 가네

자식들 흥겨운 노랫가락에 실려
둥둥 떠내려갑니다

술 빚는 날

쌀쌀한 겨울 문밖에 다다르면
술을 빚습니다

두툼한 시루에 고두밥을 쪄서 마루에 널어놓으면
고사리손으로 한 움큼 채가 오물오물
눈 흘기는 어머니 아랑곳하지 않고
또 한 움큼 채가 아버지 뒤에 숨었지요

이불을 겹겹이 두른 항아리가
보글보글 아우성을 치면
밥사발 가득 채운 막걸리는
아버지 허기진 마음에 노을처럼 물들고
설탕에 재운 술지게미는
딸내미 추억에 달빛처럼 물들었습니다

술을 빚습니다
어깨너머 배운 엄마 손길 그려가며
술을 빚습니다

막걸리 한 잔에
달착지근한 그리움이 입안 가득 고이면
김치부침개 쭉쭉 찢어
추운 겨울을 녹일까 하여

나그네

어머니 기도 소리 등불을 삼고

아버지 호통 소리 지팡이 삼아

겨를 있게 걸어가는 그믐밤 가시밭길

어머니 영정 앞에서

어머니 영정을 바라봅니다

나를 채우기보다는
남을 채우려 베풀던 어머니

주머니의 송곳처럼
드러내지 않으려고 해도 드러나는
남몰래 쌓은 덕이
국화꽃처럼 제단 위에 차려져
문상객 마음을 향기로 물들입니다

배웅 나온 이들의 덕담은
꽃잎처럼 관 위에 흩날리고
먼 길 떠나는 어머니의 봇짐은
두둑하게 채워지네요

보고 싶은 어머니에게

나이 오십이 되어도
어머니 앞에서는
어리광부리는
딸이라서 좋습니다

햇살이 좋습니다, 어머니
어머니한테 놀러 가기 딱 좋은 날이네요

세상에 단 한 사람
오롯이 내 편이던 어머니
오늘따라 당신 품이 그리워 밤이 깁니다

이맘때 찾아가면
수선화 꽃길 열어 나를 반기시던 어머니
따스한 봄 햇살 한 움큼 내어 허기진 가슴 채우고
진달래 고운 꽃잎으로 그리움을 다독여 주시던 어머니

날이 밝으면 길을 나설까 합니다

당신이 좋아하던 함박꽃 화분에 담아
솔향 가득한 오솔길 따라
당신을 만나러 갈까 합니다

이번에는 어떤 추억으로 나를 반기실까요

때 늦은 사과

친구랑 다투고 나서
괜히
엄마한테 짜증 내고
나도 그랬어

늦잠 자고 일어나
입맛 없다고
반찬 투정하고
나도 그랬어

만만하니까
엄마는 만만하니까
내가 뭘 해도
다 이해해줄 거 같고
무슨 말을 해도
다 들어줄 거 같았으니까

가시 돋친 성질머리로

엄마 마음을 걷어차도
엄마는 괜찮은 줄 알았어
엄마도 화낼 줄 알고
슬프면 울 줄 아는 그런 사람이라는 걸
엄마가 되고 나서야 알았네

까닭 없이 짜증 낼 때마다
얼마나 가슴이 아팠을까
아침밥 거르고 갈 때마다
얼마나 걱정했을까

엄마 미안해
매일 아침 사과해보지만
사과할 시간을 놓쳐버린
되돌릴 수 없는 시간 앞에서
번번이 주저앉아 후회를 하네
엄마 미안해
정말 미안해

엄마의 베보자기

엄마가 쪄주던 술빵이 먹고 싶어 반죽을 한다
시렁 위에서 먼지 쓴 찜솥을 내리고 바닥에 깔 베보자기를 찾다가
옷장 깊은 곳에서 꽃무늬 손수건에 싸인 베보자기를 찾았다

엄마 솜씨다
저승 갈 때 입겠노라고
넉넉하게 끊어놓은 삼베를 잘라 만든 베보자기
삐뚤빼뚤 얼기설기 꿰매놓은 베 보자기 하나가 술빵처럼 큼큼하게
추억을 담고 있다

아버지 바지저고리를 솜씨 좋게 지어 입혔다던 엄마
눈이 밝아 버선코를 예쁘게 만들었다던 엄마가
돋보기 고쳐 쓰며 풀린 올을 어림잡아 휘감고
삐걱대는 손끝으로 정성 담아 만든 베보자기

들쑥날쑥한 바늘 한 땀 한 땀 엄마의 숨결이다
얼기설기 오고 간 명주실은 엄마의 놓을 수 없는
질긴 사랑이다

부풀어 오른 반죽을 올려 불을 지핀다
술빵 익는 냄새에 묵혀 두었던 그리움이 익어
허기진 배를 채운다

생일 아침에

열 달 육신을 품어
천 년 영혼을 보듬는 어머니

휘몰아치는 태풍 한가운데
부여잡을 끈 하나 없이 던져져
육신을 쪼개 날 낳으시고
가슴 한쪽 베어내 날 기르신 어머니

당신을 만나던 날
고통을 삭여 기쁨을 만나던 그날
그날의 이야기를 고스란히 담아
생일상 미역국을 올립니다

당신의 그날을 기억하라고
고통조차 행복이었던 당신의 사랑을 되새기라고
당신의 첫국밥을 제 안에 담습니다

집밥

하루를 먼지처럼 뒤집어쓰고
지친 걸음 대문에 들여놓으면
구수한 밥 냄새 먼저 나와 반기던
어머니의 밥상

보글보글 끓인 된장찌개
조물조물 무친 나물 반찬
말로 뱉지 못한 사랑 듬뿍
덜어주지 못하는 안쓰러움 듬뿍
밥상 가득 담아 내오시던 어머니

고단한 마음 다독여주던 집밥이
오늘따라 유난히 그립습니다

빗장 열어 대문을 살피시며
달빛 아래 그리움을 삭이고 계실
어머니, 당신이 사무치게 그립습니다

휴가

흙투성이를 털어주느라 당신 손이 더러워져도
상처를 보듬느라 당신 가슴에 물집이 생겨도
주저앉은 삶을 무릎에 앉히고 토닥이시던 어머니

휴짓조각처럼 내동댕이쳐진 마음을 위로하며
견뎌야 이기는 거라고
사는 법을 가슴에 새겨 주시던 어머니

함박눈처럼 쌓이는 자식 걱정에
눈발 날리는 마당에서 길을 쓸어주시던
당신을 만나러 갑니다

소복이 쌓인 눈길에
뽀도독 뽀도독 발자국을 새기며
응석 부리려고 당신한테 갑니다

홀로 깨어있는 밤

솜이불 덮어주던 엄마 손길
턱밑까지 끌어당겨
당장 스며든 추위를 녹인다

겨울이 깊어가고 있다
눈 한 번 시원하게 내려주지 않는
메마른 겨울이 칼바람을 휘두른다

별빛 내려앉은 거리에서
휘청거리던 달빛이
사르락 사르락 옷깃을 여민다

겨울이 깊어갈수록
가까이 다가오는 봄
가난한 희망은 어둠을 걷어낸다

구슬 꿰기

시간을 꿰어 나를 만들고
인연을 꿰어 우리를 만듭니다

볼품없는 솜씨
슬그머니 뒤춤에 감추고
성글어도 채울 수 없음에
남몰래 한숨 쉬다가
여기서 그만둘까
놓아버리려 한 적도 있습니다

아쉬움에 재촉하다가
두려움에 멈추었다가
더딘 손놀림 다독이며
용기 내어 구슬을 꿰는 이유는

화려하지 않아도
엄마
엄마한테 걸어드리려

한 알 두 알
정성 들여 구슬을 꿰ㅂ니다

매듭지어
훈장처럼 걸어드리려고
정성을 다해 구슬을 꿰ㅂ니다

딸일 때는 몰랐습니다

비가 오면 짚신장수 아들을 걱정하고
해가 뜨면 우산장수 아들을 걱정한
어머니가 있었다지요

이왕이면
비가 오는 날엔 우산장수 아들을
해가 뜨는 날엔 짚신장수 아들을 응원했더라면
하루하루 흥이 났을 텐데 말입니다

딸이었을 때는 그 마음을 몰랐습니다

아픈 내색 꼼꼼히 감추시며 밤새 만삭인 딸의 배를 쓸어주시던 엄마
떠나는 자식을 떼어내지 못해
버스 뒤꽁무니에 서서 먼지를 뒤집어쓰던 엄마
집 앞 감나무에서 곰살맞게 까치가 울어대면 떡쌀부터 안치던 엄마
해진 아버지 속옷을 꿰매 입으면서
애들 속옷은 철철이 사다 놓으시던 엄마

나는 그렇게 살지 않겠다 했는데
엄마가 되고서야 알았습니다

엄마는
한없이 퍼주고도 모자라
자식의 아픔을 함께 짊어지고 가는 사람이라는 걸
엄마에게 자식은
세상에서 가장 아름다운 꽃이고
엄마에게 있어 자식의 웃음소리는
세상에서 가장 흥겨운 노랫소리라는 걸
엄마가 되고서야 알았습니다

오늘도 객지 나간 자식들 소식을 기다리며 목 빼고 계실 엄마
오늘은 전화라도 한 통 드려야겠습니다

영아
꽃놀이 가자

해미읍성에서

- 순교자, 척박한 이 땅에 거름이 되다

진남문 들어서니
연 날리는 아이들 웃음소리 성안을 내달립니다

고요한 읍성에 우뚝 서 있는 호야나무
당신의 머리채 휘어잡고
고문의 칼날 들이대던 그 날을 지우지 못해
철삿줄 심장에 박고
하늘을 우러러 설운 눈물 뚝뚝 떨굽니다
당신의 핏빛 기도 소리에 움츠린 너른 들은
멈춘 시간 속에서 차마
풀 한 포기 키워내지 못하고 있습니다

아, 슬프고도 기쁜 그대의 삶이여
배교해서 얻을 찰나의 삶을 버리고
굳은 믿음으로 영원한 삶을 구하신
순교자들이시여

병인박해 천여 명의 기도 소리
성안을 휘돌아 드높은 성벽을 뛰어넘어

훠어이 훠어이
민들레 홀씨처럼 삼천리 방방곡곡을 날아
신분을 나누어 착취하고
자유를 억압해 족쇄를 채운 이 땅에
선한 믿음의 씨앗을 뿌리셨습니다

당신의 고귀한 삶
척박한 믿음의 땅에 뿌려져
거름이 되고 쟁기가 되어
믿음을 키우고 희망을 일구었습니다

읍성에 노을빛 젖어 들면
따사로운 당신의 미소인 양
호야나무를 토닥입니다
올곧은 믿음은 가난한 영혼을 지켜줄 거라고
간절한 기도는 하느님 품 안에서 평화를 얻을 것이라고
속삭이는 당신의 음성이
오른손 묵주 위로 알알이 내려앉습니다

  *호야나무 : 회화나무를 충청도에서 이르는 말

빗물에 젖은 그대 발자국

빗소리에 잠 못 이루고
밤이 깊도록 추억을 서성이다가
구겨진 편지지
그리움만치 쌓여갑니다

덩그렁 덩그렁
바람을 안은 풍경 소리
쿵쿵쿵
가슴으로 뛰어들어
빠끔히 창문 열고 내다보니
빗물에 젖은 그대 발자국
접시꽃을 흔드네요

가뭄 끝에 만난 작달비처럼
그대 그림자 꽃잎에 어리어
편지지 가득 미소를 채웁니다
그리움을 채웁니다

*작달비 : 굵직하고 거세게 좍좍 쏟아지는 비

2

아
버
지

아버지의 울타리

배롱나무 가지에 미끄러진 바람이 꽃잎을 흔든다
아버지 그림자는 지워진 지 오래인데
친정집 마당 배롱나무는 여전히 살갑다

산 아래 작은 기와집
아버지는 청춘을 쪼개 집을 지었다
암키와 수키와 짝을 이뤄 지붕을 얹고
한 켜 두 켜 쌓아 올린 담장
소나무 사철나무 담장을 휘감아
사시사철 푸르름이 에워쌌다

장독대 항아리 고추장 된장 맛있게 익어가고
오래된 벚나무 꽃그늘을 드리우던 곳
봄이면 제비가 찾아들고
저녁이면 홍시 같은 붉은 해 감나무에 걸리던 그곳

아버지가 만들어 준 울타리 안에서
웃음은 익어 추억으로 쌓이고

꿈은 시간을 빚어
울타리 밖 낯선 땅으로 나설 채비를 했다
여물지 않은 꿈을 안고 빗장 열어 처음 나선 집
고단한 삶은 외로움을 더해 그리움이 고팠지만
언제고 돌아갈 곳이 있다는 것은
주머니 속 사탕 같은 위로였다

눈을 감으면 고스란히 아버지 숨결로 다가오는
산 아래 작은 기와집
울타리 너머 배롱나무 꽃잎이 바람에 흩날린다
아버지의 기척인 양 바람을 타고 와 쉬어가라 발길을 잡는다

아버지

산 중턱 아버지 잠드신 곳
오솔길 한참을 올라
가쁜 숨 모아 쥐고 당신을 찾아왔습니다

밤새 내린 눈이 토방까지 차오르면
대나무 빗자루 들고 아침을 깨우던 아버지
망설임 없이 열어젖힌 문으로 황소바람 모질게 불어닥치면
늦잠을 빼앗긴 계집아이는
삐죽 입을 내밀며 엄마 품으로 달려들었지요

대롱대롱 매달린 눈곱 헤집으며 아궁이 앞에서 꾸벅꾸벅
아침잠이 달았던 계집아이 물끄러미 바라보다가
털신에 묻은 눈 탁탁 털고 들어와
고구마 몇 개 아궁이에 던져 놓으시던 아버지
가마솥 콩밥 타닥타닥 뜸이 들고
아궁이 속 고구마 달달하게 익어갈 적에
알고도 모르는 척 당신의 인기척에
애꿎은 부지깽이만 투닥거렸습니다

상석 위 하얀 발자국은 당신의 마중인가

물끄러미 바라보다 술 한 잔 올립니다

이제야, 오십에 발을 들인 이제서야 가늠을 합니다

지게를 집어삼킨 나뭇짐처럼 당신 어깨에 짊어졌던 가장의 무게

결코 가볍지 않은 그 무게를

술 한잔 털어 넣으며 잊으셨을 아버지

늦은 줄 알면서도 당신 등에 기대어 속삭입니다

아버지, 사랑해요

아버지, 당신이 그립습니다

밤송이처럼 가을이 툭툭 터집니다

하늘에 닿을 것 같은 소나무에 기대앉아
가시를 헤쳐 알밤을 줍듯
추억을 뒤져 그리움을 꺼냅니다

아버지
탱자나무처럼
당신을 에워싸고 있던 울타리
그 가시가 따가워 감히 다가가질 못했습니다

한발 물러서서
당신이 울타리를 뭉그러뜨리고 다가와
먼저 잡아주길
두 손은 언제나 뒤춤에서 뭉그적거렸습니다

아버지의 회초리 같은 말씀이
그 아팠던 말씀이

북극성보다 든든한 등대가 되어줄 줄
그때는 미처 몰랐네요

아버지 호통 속에 숨겨놓은 사랑이
다시 일어설 지팡이가 되어줄 줄
어림조차 할 수 없었으니까요

자식이었을 때도
자식을 둔 지금도
당신이 품었을 그 마음의 깊이를 가늠할 재간은 없지만
품 안의 자식을 내놓으며 당신의 깊은 사랑을 읽어봅니다

아버지의 자전거

바깥마당 처마 밑에 세워진 아버지 자전거
아침 햇살 토방에 내려앉아
새마을 노래 흥얼거리면
너덜너덜 빛바랜 연장 가방 짐칸에 매고
부지런히 신작로를 달리던 아버지 자전거

한 달 두 달 석 달
댓돌 위에 고무신 한 켤레 아버지의 빈자리 채우고
감나무에 걸린 까치 소리 안마당을 맴돌면
바깥으로 나가 신작로를 빤히 쳐다보던 아이들

덜컹덜컹 아버지 자전거 달빛 밟고 달려와
기름종이에 싼 호떡 한 뭉치 짐칸 열어 내어주면
꾹꾹 눌러 놓은 그리움 한 장 한 장 떼어내
또르륵 똑똑 흐르는 꿀 입에 물던 아이들

이제는 주인 잃어 초라한 아버지 자전거
창고 한켠

먼지 뒤집어쓴 연장 가방 훈장처럼 동여매고
고향 찾은 자식들 가슴으로 덜컹덜컹 달려온다
아들내미 자동차 뒷좌석에 앉아
당신이 놓은 주춧돌 헤아리며 흐뭇해하던 아버지
아버지의 흐뭇한 미소가 낡은 연장 가방을 가득 채워
자식들 가슴속을 신작로처럼 달린다

텅 빈 아궁이

아궁이의 재를 그러내 듯
재가 된 시간을 삼태기에 담는다

밥을 짓기 위해 호로록 심지를 돋우던 잔솔가지
물을 끓이기 위해 활활 타오르던 장작개비
어제 모습은 온데간데없고
한 줌 재가 되어 아궁이를 채우고 있다

하루를 시작하기 위해
동트기 전에 재를 그러내시던 아버지
방고래 막히면 부엌일 하기 힘들다고
귀찮은 그 일을 하루도 빠짐없이 하셨다

아궁이 속 재처럼
청춘을 동여맨 시간이 재가 되어 쌓인다
가슴에 여민 그리움
언저리를 맴돌던 사랑
상처투성이 바람

때로는 잔솔가지처럼
때로는 장작불처럼 타오르다 사그라졌다

아궁이 앞에 주저앉아 꺼진 불씨를 바라본다
치워야 하는 줄 알면서도 게으름에 아쉬움에
차일피일 미루다가 아궁이가 가득 찼다

타버린 그것이 뭐였더라도
흔적을 찾아 헤집지 말아야 한다는 걸
가슴 깊숙이 그을음으로 남아있는 것조차
모조리 긁어내야 한다는 걸
아버지는 말씀하셨다
그래야 다시 불을 피울 수 있다고

우리 오빠

근처를 지나신다기에 잠시 들르시라 했습니다
봄에 심은 감자가 캘 때가 다 되어
바쁜 걸음 고삐 늦춰 들르시라 했지요

우리 오빠 오신다는 답장에
서둘러 애호박 몇 개, 오이 몇 개 따서
봉지에 담아놓고
감자 몇 포기 뽑았습니다
뽀얀 속살 다 비치는 맨도롬한 감자가
줄기에 대롱대롱 매달려
주렁주렁 추억을 길어 올리네요

서울 가신 우리 오빠
오신다는 기별이 오면
신작로 먼지를 폴폴 뒤집어쓰며 기다리곤 했지요
뉘엿뉘엿 지는 해에 기다림이 붉게 물들어 갈 때쯤
양손 가득 선물꾸러미 들고
손 흔들어 반기던 오빠

마루에 쏟아놓은 꾸러미 속
과자종합선물세트 뜯어 카라멜 하나 입에 넣고
왕자표 크레파스 열어 알록달록 수다를 색칠했습니다

이제는 세월을 한 올 한 올 삭혀
흰 머리카락 희끗희끗 심어놓은 우리 오빠
오빠가 오신다니 마음이 먼저 마중을 나갑니다
보릿짚 태우며 구워 먹던 감자 생각에
몇 포기를 더 뽑아 상자에 담다가
이웃에게 나눠주라고 서너 포기 더 뽑습니다
담아도 담아도 부족한 거 같아
수북이 올라온 감자 위에 아삭이 고추 한 줌
잘생긴 양파 몇 개 올려놓으니
그제야 좀 채워지네요

'이제 농사꾼 다 됐네'
창문 밖으로 먼저 나선 환한 미소
반가운 마음이 서둘러 달려가 맞잡습니다

못 본 새 그새
주름이 더 늘었어요
뭉클한 심사 어금니로 지그시 눌러놓고
'오빠 왔어!'
어제 본 듯 가볍게 인사를 흘립니다

트렁크를 열어 꾸러미를 싣습니다
잊은 건 없는지 살피고 돌아서다 다시 살피며
꾸러미를 차곡차곡 담습니다
어릴 적 나눠주신 사랑
한 움큼 베어 구석구석 채워 넣습니다

'잘 지내구~'
'그려~~'
내일 또 볼 것처럼
싱겁게 작별인사를 나누고는
언제 또 볼는지
그렁그렁한 두 눈은

90

기약 없는 이별이 아쉬워
마을을 벗어나는 자동차 꽁무니만 쫓아갑니다
달음박질로 하염없이 쫓아갑니다

언니

하늘이 시리도록 푸릅니다
구름 한 점 없어 황량한 가을 하늘에
작은 새 한 마리가 쉴 곳을 찾아 두리번거리는데
코스모스 하늘하늘
바람이 간지러워 저 혼자 웃네요

울산 큰언니한테 전화를 걸어 하소연을 합니다
울다가 웃다가
화냈다가 한숨 쉬다가
이발사가 대나무밭에서 소리를 지르듯
해답 없는 하소연을 늘어놓습니다

상처는 덮어두면 곪는다고
곪기 전에 약을 발라주는 언니
멀리 있어 안아주지도 못한다며 애달파하는 언니
언니가 있어 퉁퉁 부은 마음이 통증을 잊습니다

늙은 소나무

늙은 소나무 한 그루가
바위틈에 서 있다
견뎌온 세월만큼
굽은 등에 푸른 가시를 짊어지고
무심히 천 길 낭떠러지를 바라보고 있다

생각은 새잎으로 돋았다가
갈잎으로 쏟아진다
머무르지 않고
사라지는 상념
늙은 소나무가 푸르른 까닭이다

산길을 밟는 꽃보다 화려한 발걸음이
내어준 그늘을 마다해도
시간을 잡으려는 그들의 잰걸음에
바람 한 조각 슬며시 쥐어서 주는
늙은 소나무

천 길 낭떠러지에 머문 시선이 여유롭다

금옥언니

어릴 때 이름을 버리고
새로 이름을 지은 금옥언니
금 같고 옥같이 귀하다고
할머니가 지어주신 이름
사춘기 때 읽은 책 속에서
그 이름은 기생이었더랍니다
그래서 늘
마음을 괴롭히던 이름 금옥

어느 해
이름을 바꿀 수 있다는 희소식이
언니에게도 전해졌지요
몇 날 며칠을 고민하며 지은 이름
뭐라더라
이름이 바뀌었다고 알려오긴 했는데
입에 붙지 않네요
네 살 터울 언니를
금옥아~ 금옥아~

철없이 부를 때부터 30년
호적 안에 남아 있던 이름을 버리고
이제 다르게 부르라 하네요
추억이 없는 이름은
20년이 흘러도 낯설기만 합니다

강아지풀은 늙어도 강아지고
할미꽃은 젊어도 할민 것처럼
금옥이는 내 가슴에
영원히 금옥인 걸요
내게는 기생 이름이 아니라
나를 지켜주던 든든한 언니인 걸요

경아
꽃놀이 가자 95

조각보

조각보를 밥상 위에 덮는다
빨강 파랑 남색
모양도 색깔도 다른 자투리 천을 맞대
솜씨 좋은 언니가 만들어 준 것이다

서로 마주 보고 식사한 적이 언제였을까

식탁 위에 밥상을 차려놓고
식을까 노심초사하는데
아랑곳하지 않고 편한 대로 나와서
조각보를 들추고 밥그릇을 비우고 나가는 아이들

차곡차곡 설거지통이 채워지면
그제야 한술 뜨며
'습관 참 무섭네'
시부모님 모실 적 길들인 습관에 피식
밥풀 같은 미소를 흘린다

시집살이 하소연에 조각보를 지어 보낸 언니
조각보 같은 인생살이 고달프고 외로워도
지나고 나면 아름다운 거라고
조각보처럼 감싸주던 언니
밥 한술 입에 넣다가 조각보를 만지작거린다
오래된 그리움을 꿀꺽 삼킨다

친정 가는 길

오랜만에 친정에 간다

부모님 떠나시고 점점 멀어져
어릴 적 추억 쫓아 마음만 오가다가
남편 성화에 못 이기는 척 길을 나선다

동생 온다는 기별에
벌써 분주하다는 오라버니

"있잖여
요새 길이 아주 잘 나서 금방 올겨
거시기 빠져나오믄
빤뜨시 오다가 옆으로 새는 질이 새로 났어
거길루다 오믄 금방 당도혀"

들뜬 오라비 전화를 끊고 서해대교를 건너 달려간 길
서산IC를 빠져나가 좌회전을 하니 지름길이 나 있다
휘어진 길 잡아당겨 일자로 쭉 펴놓은 것처럼

미적미적 달렸는데 벌써 오라비네 앞마당이다

나팔꽃 울리는 풍각 소리에
슬리퍼 한 짝 흘린 줄도 모르고 뛰어나오는 오라버니
무심한 동생 살갑게 맞아주는 오라비 얼굴에 백일홍 꽃물이 든다
어제 본 듯 인사하는 동생 마음이 새로 난 도로처럼 지척이 된다

고향 가는 길

단풍으로 곱게 물든 산하에
고속도로가 휘청거린다

"길이 멕혀서 클났네. 워디루 간댜"

내 고향 서산으로 가는 길
귀에 익은 기사 아저씨 사투리에
성큼 다가온 고향은 탱자 향기 가득하다

일이 있어서
혹은 일을 마치고 한 버스에 탄 사람들
어디선가 본 듯한 시선은 나만의 착각인지
같은 곳을 향해 간다는 것만으로도 반가운 인연이다

이어폰을 타고 흐르는 음악은
거꾸로 흐르는 시간의 정수리를 타고
창가에 던져진 눈길엔 익숙한 풍경이

설렘을 단풍처럼 물들인다

느릿느릿 고속버스가 쏜살같이 고향을 향해 달려간다

3

아
들
에
게

엄마의 기도

하늘이시여
해맑은 내 아기의 미소를
지켜주소서

천사의 노래를 듣게 하시고
희망의 노를 저어
꿈의 바다를 건너게 하소서

고난의 가시덤불을 헤쳐
장미꽃 그윽한 길을 걷게 하시고
감사의 기쁨을 알게 하소서

마음 담은 손길로
이웃의 눈물을 닦아주게 하시고
모든 이들을 사랑하고
모든 이들로부터 사랑받게 하소서

하늘이시여

간절히 바라오니

내일을 여는 새벽이게 하소서

빈손

구름이 저를 버려 비를 만들면
비는 대지를 적셔 만물을 키우고
부모가 삶을 깎아 자식을 키우면
자식은 꿈을 일궈 내일을 연다
하나를 버려 다른 하나가
넉넉하게 빈손을 채운다

엄마의 기도(2)

한강을 얼리는 한파가
휘청거리는 밤거리에
칼바람 되어 휘몰아쳐도

우정을 핑계 삼아
쏟아지는 별빛 밟으며
아침노을을 걷어내는 아이들

오늘도 별 탈 없기를
엄마의 기도는
북극성을 맴돕니다

염전에서

바다를 길어 올린 땅
햇살 가득 내려앉으면
가없는 사랑으로
수만 번의 고무래질
고무래 칭칭 감아 휘돌던 소용돌이
하늘로 하늘로 날아오른다

뻘밭에 핀 소금꽃

농부의 땀
꽃송이 탐스럽게 키워
바다를 싣고 뭍으로 간다

어우러질 줄 알고
적당한 때 멈출 줄 아는 소금꽃
본래의 것을 더욱 빛나게 하는 지혜를 담고
세상의 빛이 되려 뭍으로 간다
별빛 내려앉은 바다를 싣고 뭍으로 간다

자식

내 맘대로 됐다가
내 맘대로 안 됐다가
어디로 튈지 모르겠네

희망이 아득해도
그 이상의 것을 이루어 낼 거라
끈을 놓을 수 없는
사랑하는 뿔난 송아지

꽃은 제가 핀 그 자리에 있을 때
가장 아름답다

위로받으려고
뜰에 핀 만수국 한 아름
더위에 지친 거실에 들여놓았다

하루
이틀

꽃이 있어 외롭지 않았다

사흘
나흘

꽃송이가 하나 둘
진한 향기를 토해내며 스러졌다
채 피우지 못한 꽃송이
귀한 항아리에 갇혀 시들어갔다

욕심을 사랑이라 고집했다
그 사랑으로 꽃이 시드는 줄도 모르고

수반 위에서 그림같이 꽂혀 있어도
꽃병에 꽂혀 귀한 대접을 받아도
꽃은 제가 핀 그 자리에 있을 때 가장 아름다운 것을

엄마의 날씨, 흐림

몸살을 앓는다
가슴에 천둥이 치더니
아무것도 아닌 거슬림이 모여
먹구름이 된다
잔뜩 찌푸린 낯빛이
아무래도 우레비를 쏟아낼 것만 같다

아이들은 개미처럼
처마 밑을 찾아 두리번거리고
우산을 챙기는 남편은 발걸음이 분주하다

이 비가 태풍이 아니길
아이는 변덕스러운 날씨에 우비를 챙기고
남편은 아내의 마음에 우산을 씌운다

박 이병의 휴가

한 달 전에 휴가 다녀간 박 이병
이번엔 삼박사일 외박

엄마의 시간은 아들한테 매이고
아들의 시간은 고삐가 풀려
지켜보는 엄마 가슴 바싹바싹 태운다

다시 군기 잡아 귀대하는 박 이병
'다음 달에도 외박 올게'
머잖은 외박 소식에 걱정이 앞선 엄마
'괜찮아 아들! 엄만, 우리 아들 걱정 안 해!'
진심 담은 농담으로 등을 떠민다

사랑과 잔소리

해가 중천인데
아직 이불 속에서
꼼지락거리는 아이

"이제 일어나 밥 먹자"

"오늘 일요일이야"

"일요일이니까
같이 밥 먹어야지"

대꾸도 없이 이불을 뒤집어쓰는 아이

다 식어버린 국을 데우며
오늘도 이빨 빠진 밥상에 앉아
수저를 든다

엄마는
사랑한다고 말하는데
아이는
엄마의 잔소리가 귀찮다

언제쯤
내가 하는 말이
언제쯤이면
네가 듣는 말이 될까

겨울이 가면 봄이 온단다

아가야

춥다고
움츠리지 마라

땅속에서 웅크렸던 봄은 한 줌 햇살에
언 땅을 뚫고 싹을 틔운단다

추우면 추울수록
견뎌낸 봄은 단단하게 아름답다는 걸 기억하렴

아들에게

물은
고이면 시궁창이 되지만
흐르면 물길 닿는 곳마다
생명을 키운단다

머무르지 않고 흐르고 흘러
바다로 가면
바다는
지나온 물길을 캐묻지 않지
실개천을 따라왔건
커다란 강을 타고 왔건
차별 없이 한데 어우러져
더 큰 생명을 품는단다

가다가 힘들면 잠시 쉬어가더라도
바다로 가는 길을 멈추지 않았으면 해
천천히 가더라도 끊임없이 가다 보면
언젠가는 바다를 만날 테니까

너를 기다리며

네가 온다는 소식에
배추겉절이를 담근다

정원의 분재가 아니라
숲의 나무로 자라는 우리 아들

비바람에 맞서고
눈의 무게를 견디고 있는 우리 아들

이겨내야 더 단단해진다는 걸 알기에
두 손 꼭 쥐고 바라볼 수밖에 없구나

먼저 걸어온 길이기에
너만은 길을 찾아 헤매지 않았으면 했단다
먼저 겪은 세월이기에
너만은 후회 없이 살아가길 바랬어

사랑은 걱정이 되고
걱정은 잔소리가 되었구나

힘들고 지치거든 망설이지 말고 들르렴
저들의 잣대로 너를 재는 이들로부터 잠시
네 마음에 상처를 내는 이들로부터 잠시
네 어깨에 지워진 짐 잠시 내려놓고
따뜻한 밥 한 끼 먹고 가렴

사랑을 시작하는 아들에게

아들
사랑할 때는 계산을 잘해야 한단다

배려심은 더해서 감동을 쌓고
이기심은 빼서 미움을 삭이는 거야
존중은 곱해서 자존감을 높이고
불만은 나눠서 쪼개는 거지

아들
계산하다가 틀리면
다시 시작해도 돼
완벽하게 계산할 줄 아는 사람은
세상 어디에도 없으니까

사랑은 그렇게 풀어가는 거란다

철부지

청소년 딱지 뗀 스무 살 아들은
탈색하러 미장원에 가고
지천명에 이른 엄마는
흰머리 염색하러 거울 앞에 선다

희망하고 주저앉길 수백 번
새카맣게 타들어 가는 기다림을
견뎌온 세월
세월은 시간을 빗질하며
윤기 잃은 머리 위에 내려앉는다

세월의 무게를 짊어진 엄마의 흰머리
흰머리에 덧칠한 까만 염색약은
세월의 무게를 덜어내려 안간힘을 쓰고
검은 머리 윤기 훑어낸 철부지 아들은
거친 세월을 만만하게 덧입는다

존재의 이유

이미
떨어질 꽃이라
하찮게 여기지 마라
씨앗을 품고 있다

이미
늙어질 몸이라
하찮게 여기지 마라
인생을 품고 있다

삶이 특별하지 않다
하찮게 여기지 마라
내 발걸음이 역사가 된다

빈 둥지

한 계절 내내 먹이를 물고 오르내리던 어미 새
재잘재잘 부산하게 아기 새 지저귀면
밤은 낮을 물고 낮은 밤을 물어
넘치는 사랑 아기 새 살찌우던 둥지

계절이 바뀌어
벌거숭이 아기 새 솜털을 갈아입고
둥지를 떠나 드넓은 창공으로 날아오른다

보내야 할 때를 알기에
미련을 두지 않으려고 나뭇가지에 숨었다가
힐끗힐끗 일없이 맴도는 어미 새
빈 둥지 너무 넓어 차마 들지 못하고
낡은 부리 그리움을 물어 나른다
추억으로 베어낸 세월을 쪼아 빈 둥지를 채운다

엄마가 되어갑니다

걱정도 욕심이더이다
어디 가서 굶지는 않는지 춥지는 않은지
공부는 잘하고 있는지 친구들하고 다투지는 않는지
집에 있으면서
밖에 나간 아이들 걱정에 마음 졸이고
웃음 뒤에 숨은 슬픔을 읽으려고 무던히 애를 썼지요
그건 엄마니까 당연하다고 생각했습니다

엄마의 걱정은 올가미가 되어 아이의 마음을 묶어 두었네요
눈앞에 두고 엄마 마음에 드는 행동만 하라고
올가미를 죄었다가 풀었다가
아이 마음에 상처가 생기는 줄도 모르고 그것을 사랑이라 여겼습니다

아이는 몸보다 마음이 한발 앞서 컸습니다
봄빛에 물오른 버드나무처럼
웅크리고 있던 이성이 몸을 흔들어 깨우면
쑥쑥 자라나는 생각을 혼란스러워했습니다
엄마는 그런 아이의 마음을 들여다볼 여유를 갖지 못했습니다

옆집 아이 앞집 아이도 모자라 매스컴에서 영웅이 된 아이들을 보느라
그들의 허울을 내 아이에게 씌울 궁리를 하느라
정작 내 아이는 보지 못했습니다
등잔 밑에서
아이는 외로워서 울고 버거워서 발버둥을 치고 있었는데 말이죠

이제 올가미를 풀어 세상을 만나게 하려고 합니다
설령 넘어져서 피가 나고 깨져서 울더라도
사자가 벼랑에서 새끼들을 떨어뜨리듯
매가 벼랑에 먹이를 던지듯
모진 마음으로 세상을 만나게 하려 합니다
시련은 지혜를 키워주고 삶을 단단하게 다져주니까요

엄마는 등불을 밝혀 어둠을 걷어주는 사람이 아니라
한발 뒤에 서서 혼자 갈 수 있도록 응원하는 사람이 아닐는지요
그렇게 여자는 엄마가 되어갑니다

(2015년 봄에)

놓는 연습

막내 생일 선물로
자전거 한 대를 들여왔다

학교 운동장으로 나가
비장하게 숨 고르기를 하는 녀석
넘어져 깨질까 조바심내는 엄마 곁으로
아빠는 무심히 녀석의 꽁무니를 밀고 간다

"아빠, 손 놓지 마!"
겁이 났는지 비틀거리며 소리치는 녀석

"괜찮아, 아빠가 잡고 있으니까 앞만 봐!"
마음을 다독이며 아빠가 손을 뗀다
녀석을 믿고 천천히 손을 놓는다

믿음은 힘이 되어 중심을 잡는다
머뭇거리지 않고 자신 있게 페달을 밟는 녀석
운동장을 벗어나 시내 복잡한 거리로 내달린다
넘어지지 않고 거친 세상을 향해 겁 없이 달려나간다

126

그루터기

나이테가 빼곡합니다
울창했던 나뭇가지 모두 버히어
툭툭 불거진 뿌리 훈장처럼 남겨두고
오가는 사람들
지친 다리 쉬어 가라고
먼지 툭툭 털며 눈짓합니다

파란 하늘 한 움큼 들여놓을 새 없이
채우고 또 채울 때마다
칭칭 감아 올리던 외로움
부산했던 청춘의 흔적이
나이테에 빼곡합니다

버리고 또 버려 채워진 한갓진 시간
들꽃 향 가득 담아
바람으로 빗질해 눈짓합니다
지친 마음 털어내고 가뿐하게 가라고
청솔모 재롱에 미소 지으며 손짓합니다

*버히다 : 베이다의 충청도 사투리

엄마의 소풍

봄빛 여물어가는 창밖을 바라보며
더딘 아침을 보낸다

짐이 될까 하여 차마 그립단 말 하지 못하고
부담이 될까 하여 애꿎은 문자만 들락거리다가
부산한 마음 달래지 못해
떡 꾸러미를 챙겨 경주행 버스를 탄다

경부고속도로를 내달린다
평택, 천안, 청주, 구미, 대구
낯설지 않은 이정표를 하나씩 제칠 때마다
참았던 그리움이 안달을 한다

오금이 저릴 때쯤 도착한 경주
환하게 웃으며 달려오는 아이 모습에
지루함을 털고 고됨을 씻는다

말로 다 할 수 없는 그리움은

서로 맞잡은 온기로 녹여내고
밤잠을 설치게 했던 근심 걱정은
한 뼘 자란 녀석의 마음씨로 덜어낸다

부슬부슬 비 내리는 경주
천 년을 지켜온 황성공원 그늘에서
짐보따리 열어 늦은 점심을 차린다
떡 하나 과일 하나 입에 물고 환하게 웃는 녀석
녀석을 바라보는
엄마의 소풍은 화창하다

선택

가슴에 미움을 담아놓는 것은

한여름 화롯불에 숯을 더하는 것과 같고

가슴에 사랑을 담아놓는 것은

한겨울 구들에 장작불을 지피는 것과 같더라

집으로 돌아오는 버스 안에서

벌써 그립다

어린 너를 두고 돌아오는 길
천 근으로 내려앉은 발걸음은
네 그림자 머물던 자리를 맴돌고
삼킬수록 차오르는 그리움은
돌아서는 마음
단풍보다 더 붉게 물들였다

벌써 그립다

몸은 멀어지고 있는데
마음은 가던 길 되짚어
너에게로 달려간다

버스가 정류장에 닿으면
그리움이 멈추려나
아쉬움에 자꾸 뒤를 돌아다본다

북엇국

짓눌린 가장의 어깨를 다독여 주던
북엇국
청춘의 고뇌를 위로해주려 끓인다

간을 보다가
마파람에 게 눈 감추듯 먼저 한 대접
텁텁한 가슴 시원하게 쓸어내린다

엄마의 기다림

밤마실 나간 아들을 기다립니다
휴대폰이 울릴 때마다
심장은 한 길 낭떠러지로 떨어지고
자꾸만 대문으로 달려가는 시선은
바람 앞의 등불처럼 떨려옵니다

고장 난 시계추처럼 문밖을 서성이다가
고슴도치처럼 웅크리고 앉아
쪽잠에 빠진 엄마
동창에 스며든 햇살에 화들짝 놀라
아이 방문 앞에 서서 주춤주춤
뒤척이는 기척에
그제야 쏟아지는 잠을 갈무리합니다

아직 탯줄을 끊지 못한 품 안의 자식이기에
휘청거리는 밤거리에서 길을 잃고 헤맬까 봐
엄마는 오늘도 옅은 잠을 들락거리며
걱정을 삭입니다

믿음

땅콩 한 알 땅속에 묻어두고
하루는 설렘으로
하루는 걱정으로
또 하루는 초조함으로 기다립니다

물을 주고
싹이 날까 살펴보고
풀을 뽑으며
싹이 났나 살펴보다가
옆에 밭 땅콩은 이미 나왔는데
우리 땅콩은 언제 나오나 걱정이 앞섭니다

그새를 못 참고 흙을 헤쳤더니
하얀 싹이 용틀임하며
해맑게 쳐다보네요
미안한 마음에 얼른 흙을 덮어주고
일어서려다 주저앉아 덮은 흙을 토닥입니다

기다릴걸
조금만 더 믿고 기다릴걸

남는 장사

왔다 가는 흔적이 부끄러울까 봐
소홀함 없이 쓸고 닦았습니다

화장으로 가려야 할 못난 모습 될까 봐
웃을 일이 없어도 웃기 위해 웃었습니다

살아내기 위해 애쓴 날들이 허망해질 때쯤
삭풍 부는 쓸쓸한 뜨락에
아이들 고운 손길로 꽃을 심네요
비루한 내 삶에
사람 향기 가득한 꽃을 피우네요

알몸으로 태어나 옷 한 벌 건진다는데
건장한 자식 셋 거뜬히 건졌으니
이만하면 넘치게 남는 장사입니다

풍경

아주 맑은 날보다
아주 흐린 날보다
적당히 흐린 날이
아름답다
우리 인생처럼

사랑

부모한테 받은 사랑은 넘쳤고
자식한테 가는 사랑은 모자랐다
가다가 어디로 내뺀 걸까
시시비비 벽을 쌓아 넘어가질 못했나
구멍 뚫린 믿음으로 빠져나갔나
아니면
흐르다가 욕심을 키우느라 마저 닿지 못했나

 축하합니다

이 세상에서 가장 위대한 이름 어머니!
그 사랑을 등불로 삼아온 이상희 시인!
참으로 밝고 깨끗하고 좋은 시를 씁니다.
기쁜 맘으로 함께 축하하고 응원합니다.

| 허 | 홍 | 구 | 작품보다 사람이 먼저라는 시인이다 |

　이상희 시인은 시를 농사짓는 매력이 있다.
　그녀의 시밭에는 손가락호미로 일궈 놓은 풋풋한 시어가 풍성하여서 밥상에는 늘 소화 잘 되고 영양가 만점인 시가 푸짐하게 올라온다.
　맘 놓고 배터지게 먹기만 하면 된다.

| 김 | 재 | 용 | 오산문인협회 지부장 |

이상희 시인의 시를 읽다 보면 어머니에 대한 그리움에 콧등이 시립니다. 세 아이의 엄마로서 철저하리만큼 애끓는 모성애와 애착을 녹여내 어머니에 대한 그리움 못지않게 심금을 울리지요. 어머니에 대한 그리움이 엄마로의 책임감으로 이어진 것이 아닌가 싶습니다. 모성애를 숙명처럼 끌어안고 무한한 사랑으로 엮은 '엄마 꽃놀이 가자'의 상재上梓를 축하합니다.

| 서 | 덕 | 순 | 시인 |

시부모님 봉양을 마치고 13년 만에 세상 밖으로 나와 오산 소식지 기자로 열심히 뛰어다니던 모습이 눈에 선합니다. 막내아들이 우슈 청소년 국가대표로 해외대회에 나가 금메달을 따올 때면 수줍게 행복해하던 천생 엄마 이상희 시인, 농사를 짓듯 글 농사를 부지런히 지어 첫 시집을 낸다고 하니 반갑기 그지없습니다. 누구의 딸이면서 누구의 아내, 누구의 엄마로 사랑이 가득 담긴 시를 쓰는 모습이 참으로 아름답습니다.

| 한 | | 현 | 오산시 중앙도서관장 |

이상희 시인은 똑똑하다. 살림꾼이다.

감성이 풍부하고 말도 잘하고 글도 잘 쓴다. 행동하는 지성이다.

건강한 농부다. 자식들도 잘 키웠다. 부모 자식 사랑이 가득한 일상이다.

나는 그 바른 생각과 에너지 충만함에 항상 놀란다.

그런 그녀가 엄마, 아버지, 자식들을 주제로 시집을 낸다고 하니 기대가 한 가득이다.

사회에 건강한 에너지를 전달하는 시인 이상희의 삶을 진심으로 응원한다.

| 최 | 인 | 혜 | 한국자치법규연구소 소장 |

한 가정의 아내와 어머니로 모든 책임을 다하면서 지역 사람들과의 유대가 남다른 이상희 시인의 첫 번째 시집 발간을 축하합니다.

특히 이번 시집은 부모님과 형제, 자녀에 대한 소재의 시를 담고 있어 가족애가 남달랐던 시인의 착하고 고운 마음이 그대로 배여 있네요.

거듭 축하를 하며 앞으로 큰 발전이 있길 기대합니다.

| 정 | 상 | 덕 | 前 서산시 자치행정국장 |

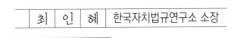

막내가 첫 시집을 낸다는 소식에 여름철 감나무 아래서 멍석을 깔고 온 식구가 옹기종기 모여앉아 건빵과 라면땅을 먹던 시절이 떠오릅니다.

아버지는 쑥으로 모깃불을 피우고 엄마는 부채질을 해주셨지요. 친구들과 복숭아 서리를 해서 런닝셔츠에 넣어 가져다가 막내한테 주면 자다 말고 일어나 맛있게 먹었었는데… 오래비는 배가 벌겋게 달아올라 밤새 따가워서 고생한 줄도 모르고 말이죠.

지금 생각해보니 살면서 그때만큼 행복했던 적이 없는 것 같습니다. 막내 덕에 오랫동안 잊고 있었던 그 시절을 떠올려 봅니다.

| 이 | 만 | 교 | (주)LDK 고문 |

한평생 꿈이었던 것을 차차 이뤄가고 있는 엄마, 포기하지 않고 꿈을 좇는 엄마가 자랑스럽습니다.

| 박 | 준 | 열 | 첫째 |

여자로서의 인생을 뒤로 한 채 '엄마'라는 이름으로 살아가는 우리 엄마.

분명히 엄마도 여자고 싶고 예뻐 보이고 싶을 텐데 언제나 우리 삼 형제가 먼저였습니다. 누구보다 책임감이 강해서 늘 참고 견디는 모습이 안쓰러우면서도 마음에 난 상처를 보듬을 줄 몰랐습니다. 엄마의 글을 읽고 나서야 엄마의 외로움을 나 몰라라 했던 지난날이 후회됩니다. 시집에 담긴 엄마의 따뜻한 마음, 늘 간직하겠습니다. 사랑해요, 엄마.

| 박 | 수 | 열 | 둘째 |

엄마는 몸과 마음이 아픕니다. 자식의 앞날을 위해 고민하고, 아프지는 않을까 힘들거나 외롭지는 않을까 늘 걱정 하느라 마음에 병을 얻었습니다. 큰며느리이자 아들 셋의 엄마로 사느라 일에 채여 몸까지 병을 얻으셨지요. 그런 중에도 제 꿈을 모른 척하지 않는 엄마가 있어 언제나 든든했습니다. 이젠 제가 엄마를 응원하겠습니다. 엄마가 제 시합장에 와서 응원을 해주셨듯 엄마의 꿈을 위해 응원하겠습니다.

| 박 | 정 | 열 | 막내 |